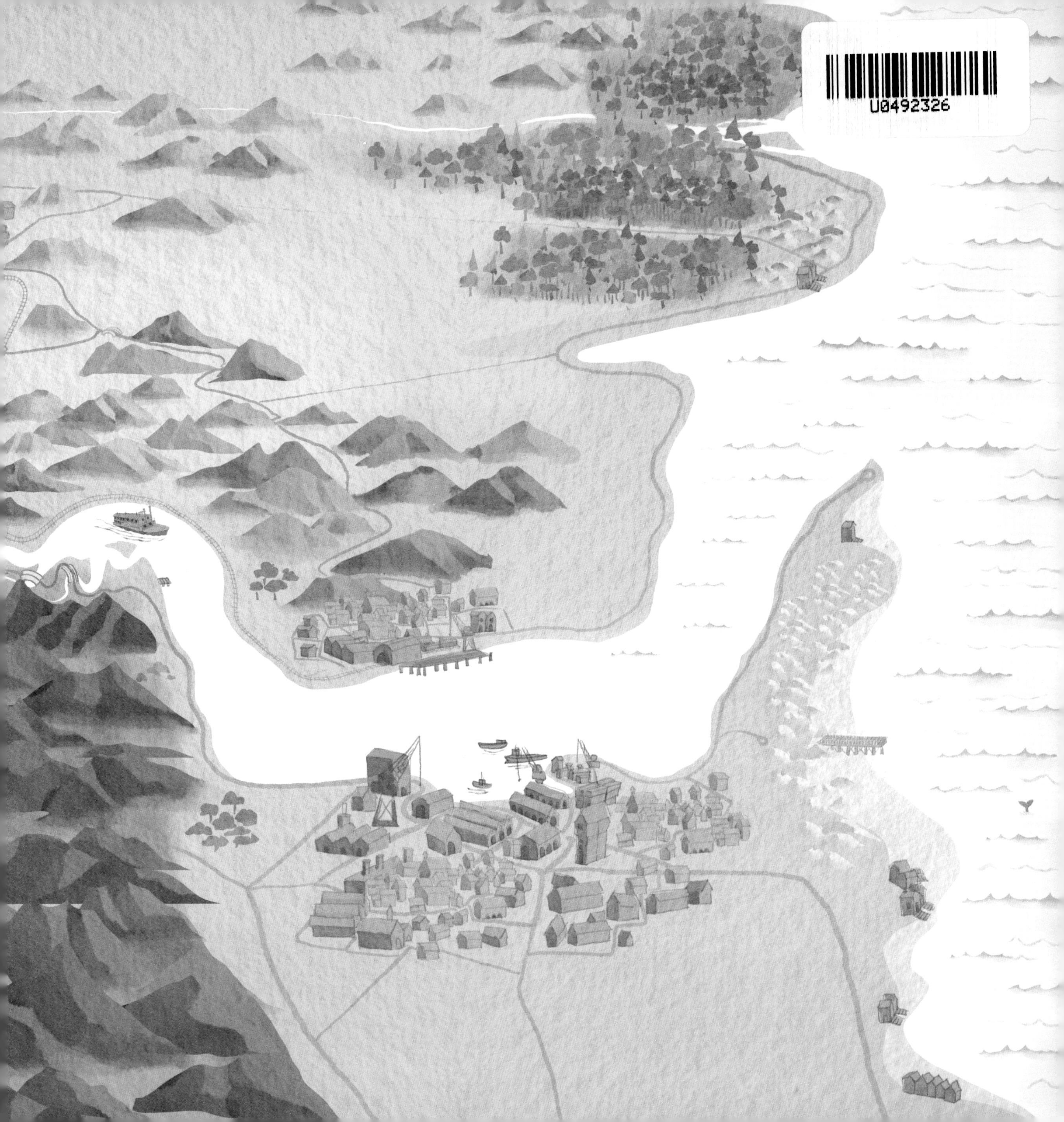

# SONG OF THE RIVER

# 河流之歌

［新西兰］乔伊·考利（Joy Cowley）  著　　［新西兰］金伯利·安德鲁斯（Kimberly Andrews）  绘

戴婧晶  译

北京联合出版公司

卡姆跟爷爷住在大山深处。有一天,卡姆对爷爷说:
"我真希望有一天能够亲眼看到大海。"
爷爷对卡姆说:"总有一天,我们会看见大海的。"

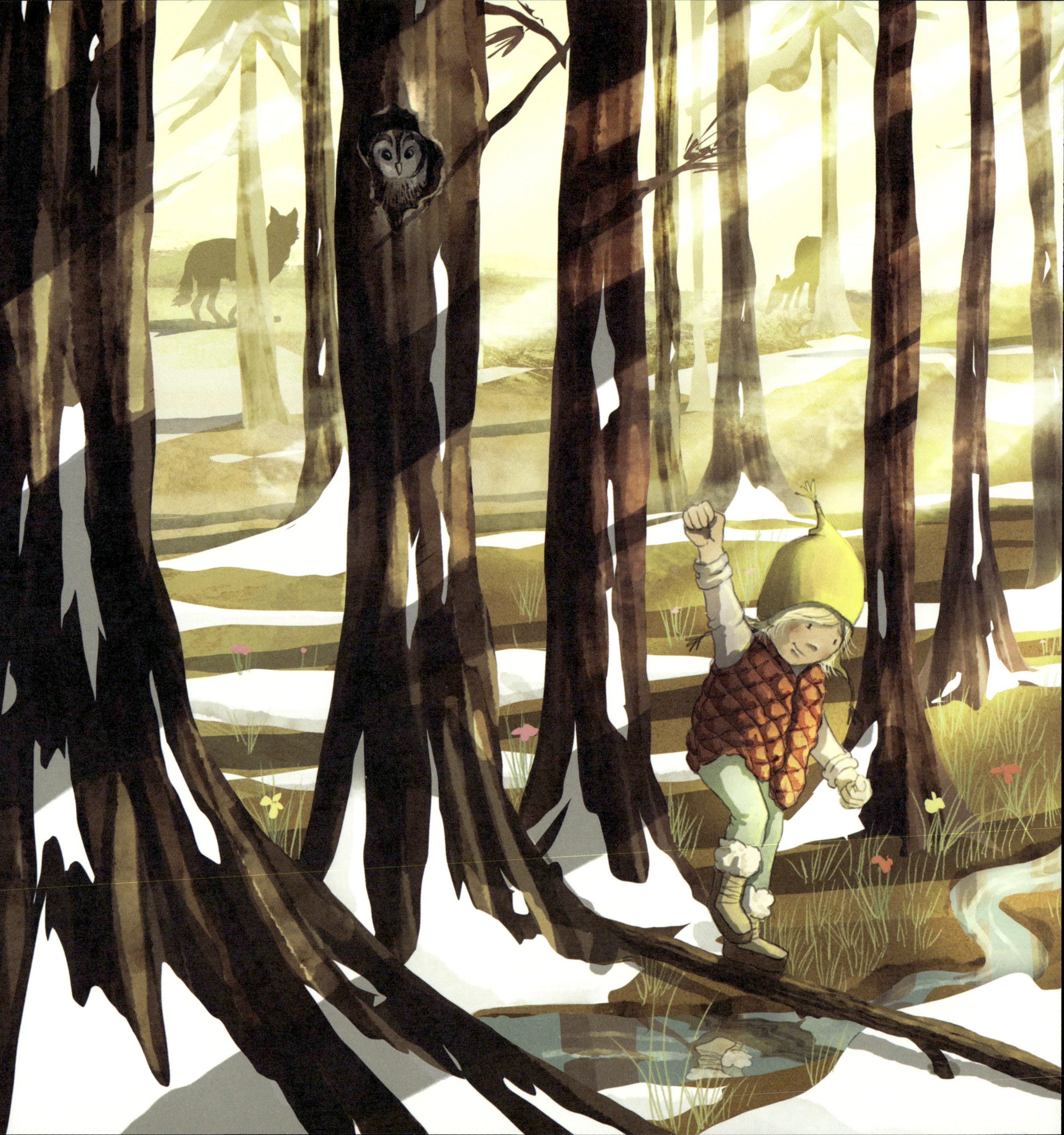

一个初春的清晨，卡姆在木屋边玩耍。他突然惊喜地发现，松林间流淌着一条涓涓细流。流水调皮地溅起水花，用冬雪消融的声音轻唱："跟我来，跟我来，我能带你去大海。"

于是，卡姆便开心地追逐着细流，欢快地穿过松林。他发现，流水和其他细流逐渐汇集成了一条小溪。

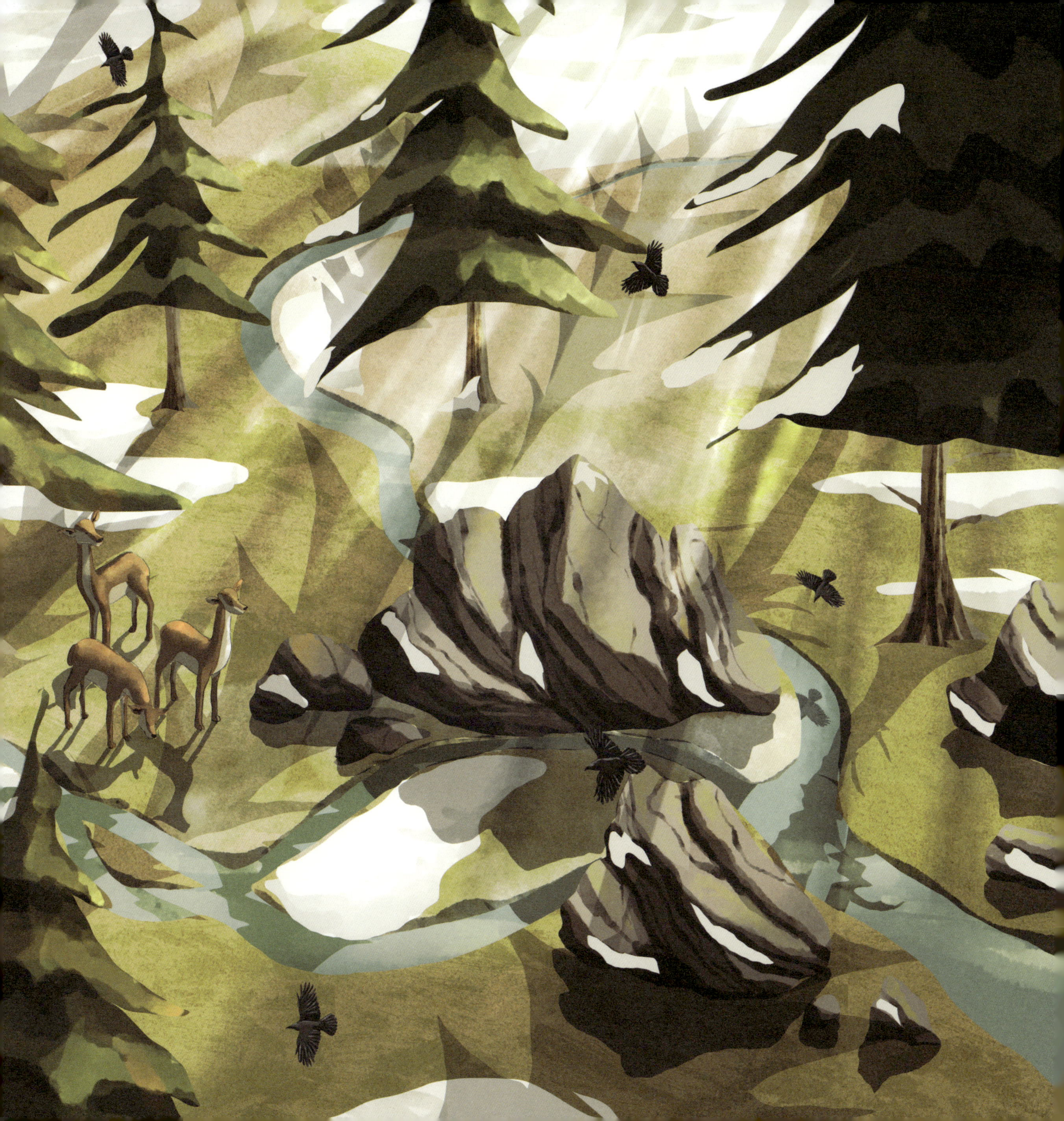

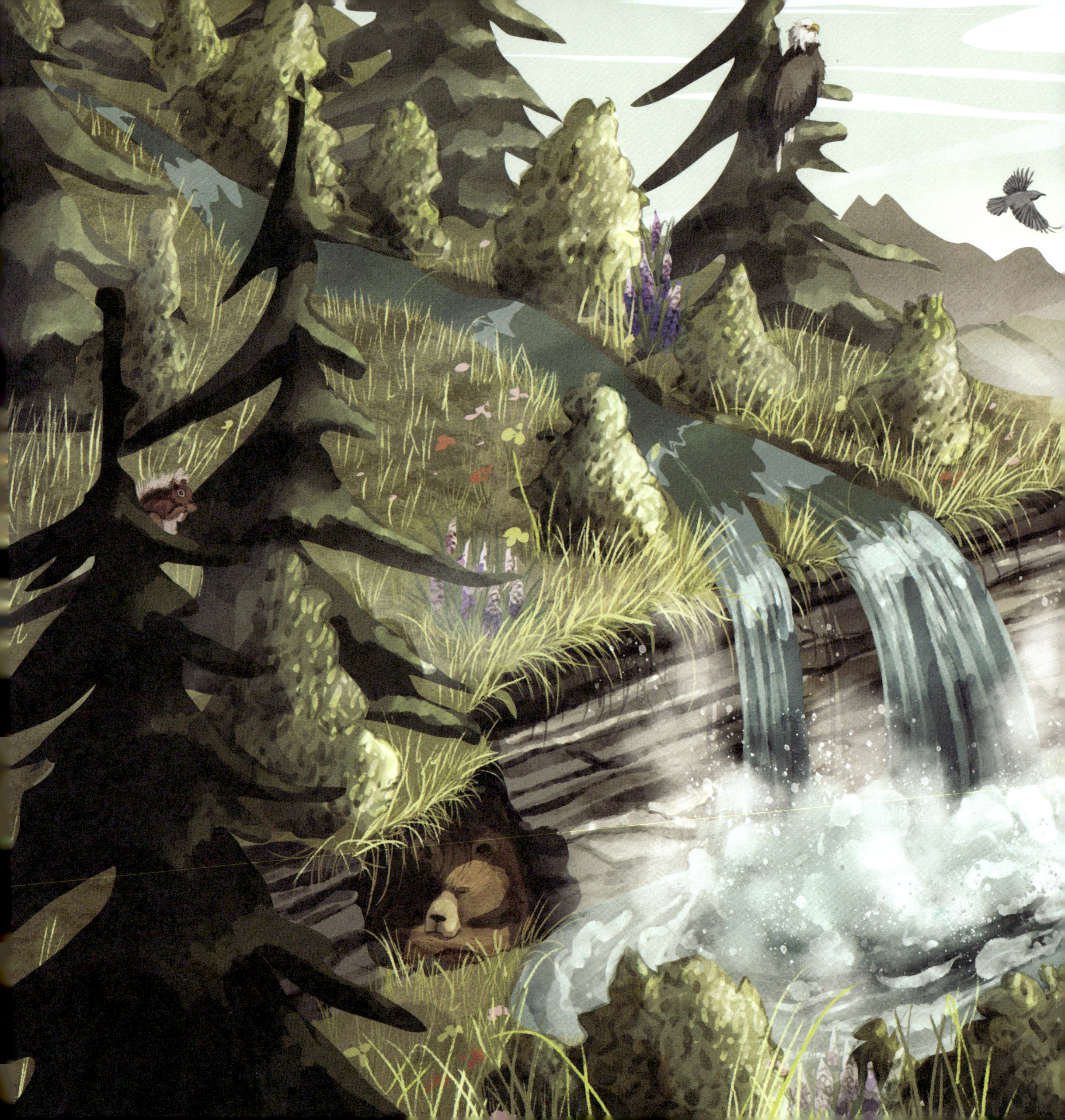

卡姆问小溪："你能带我去大海吗？"小溪不语，而是调皮地跃下山崖，山石间只传来它咯咯的笑声。

忽然，不远处瀑布里传来了它的歌声：

"当然可以，快跟我来，我来带你去大海！"

卡姆又跟随着小溪往前走。他看到一条又一条的小溪汇集在一起，汇成了一条奔流的小河。河岸边水草丰茂，河里游着许多活蹦乱跳的小鱼。

鳟鱼跃出水面,小河用鳟鱼的声音唱道:

"跟我来,跟我来,我能带你去大海。"

卡姆开心地大声回应:"好的,我们一起去大海!"

流到山脚下的小河，因为这一路上有条条溪流的汇入，已经变成了宽阔的大河。大河平缓地流经农庄，成群的鸭子在河面上逐水嬉戏，牛羊在河边喝水，小狗们在农庄里汪汪叫着，农夫划着小船把做好的奶油运到镇上去卖。

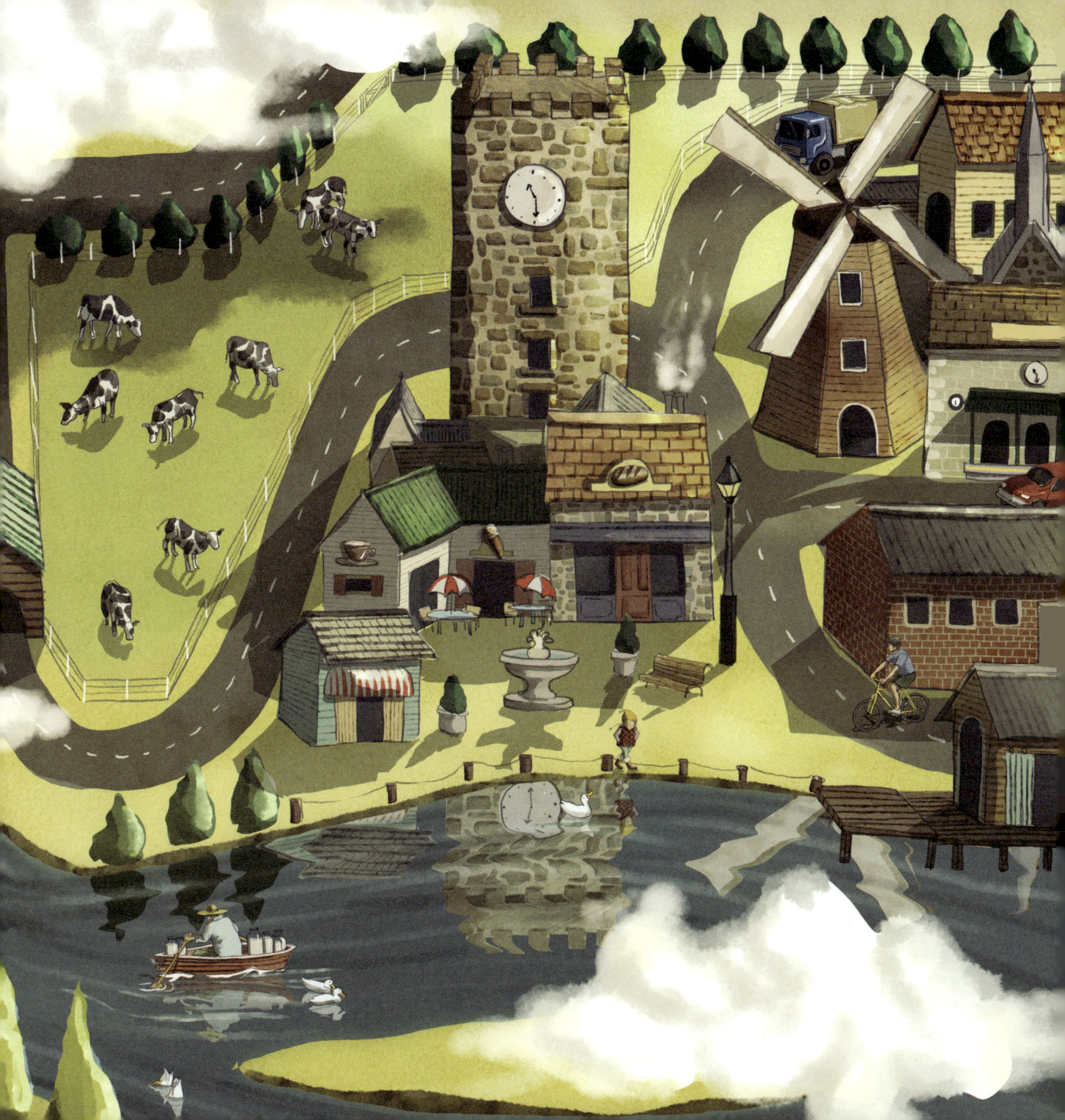

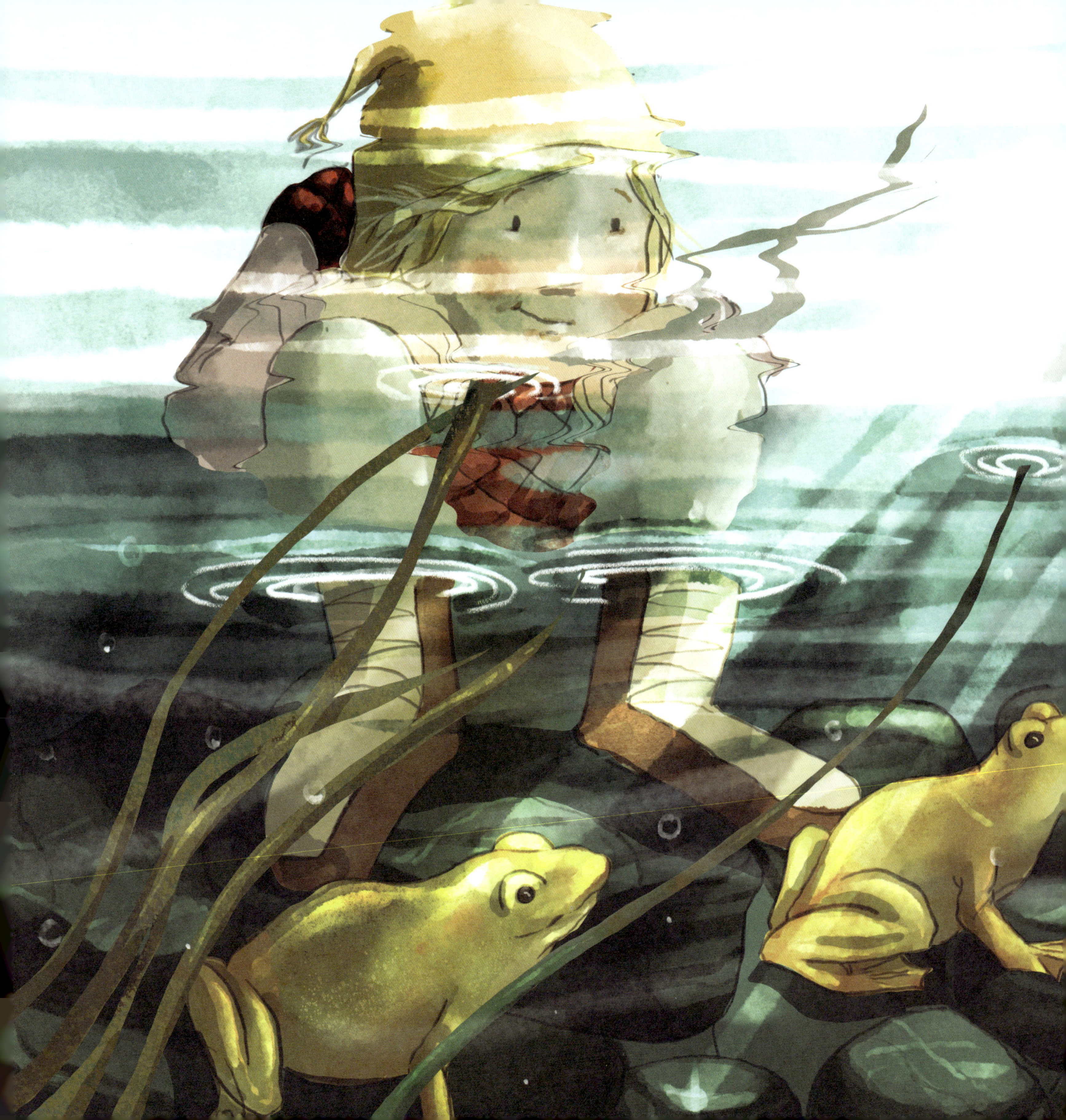

卡姆问大河:"你说过要带我去看大海的。你没有改变主意吧?"

小青蛙、小金蛙藏在水底,大河用它们的声音唱道:

"我们这就走,我一定带你看到大海。"

随着越来越多的河流汇入，大河的河面更加宽广，河水也更加汹涌澎湃。它从桥下穿过，与公路和铁路并肩伸向远方。河面的船上坐满了享受野餐的人。大河用它那浸透着浓重机油味的黄铜引擎嗓门，高声歌唱着，一路奔向大海。

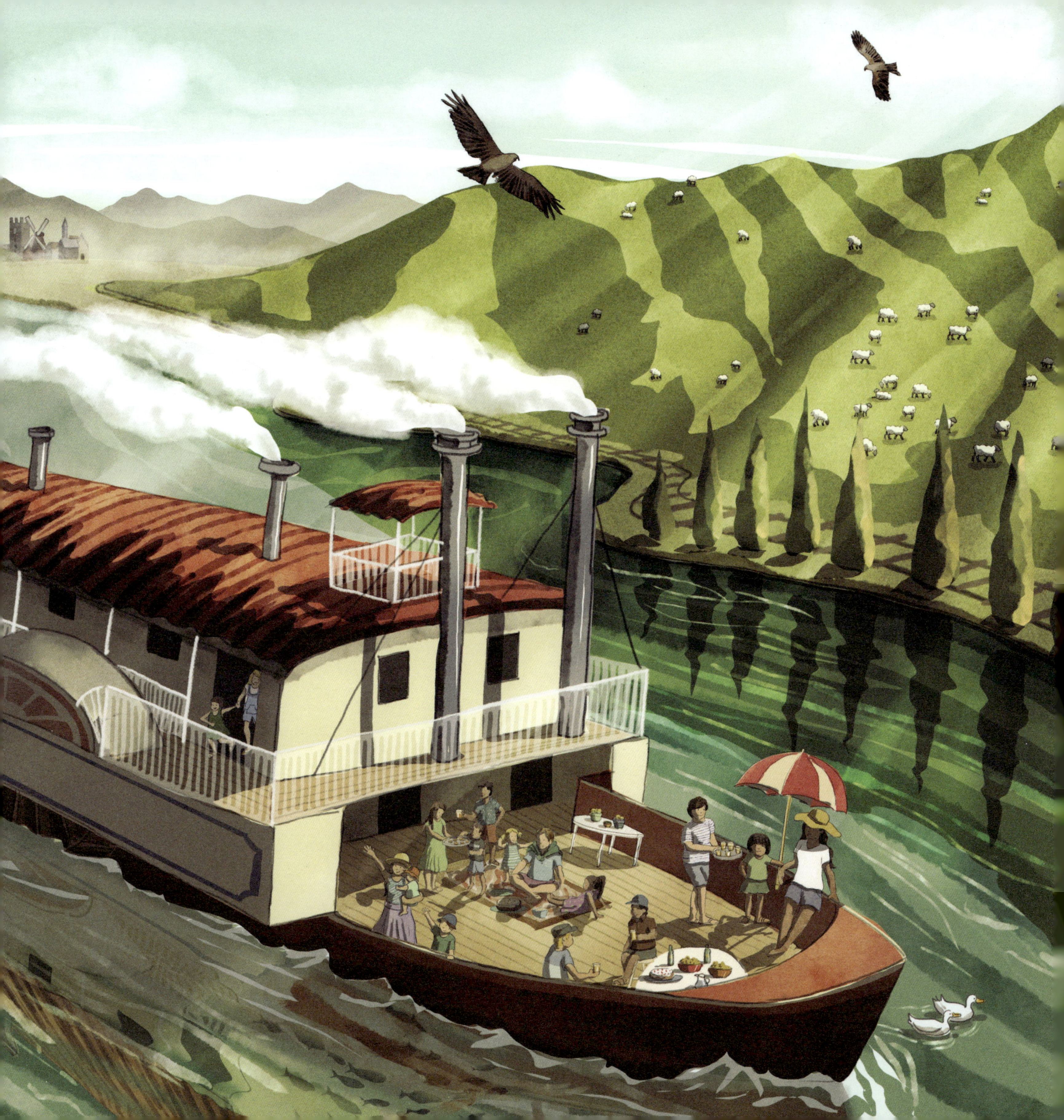

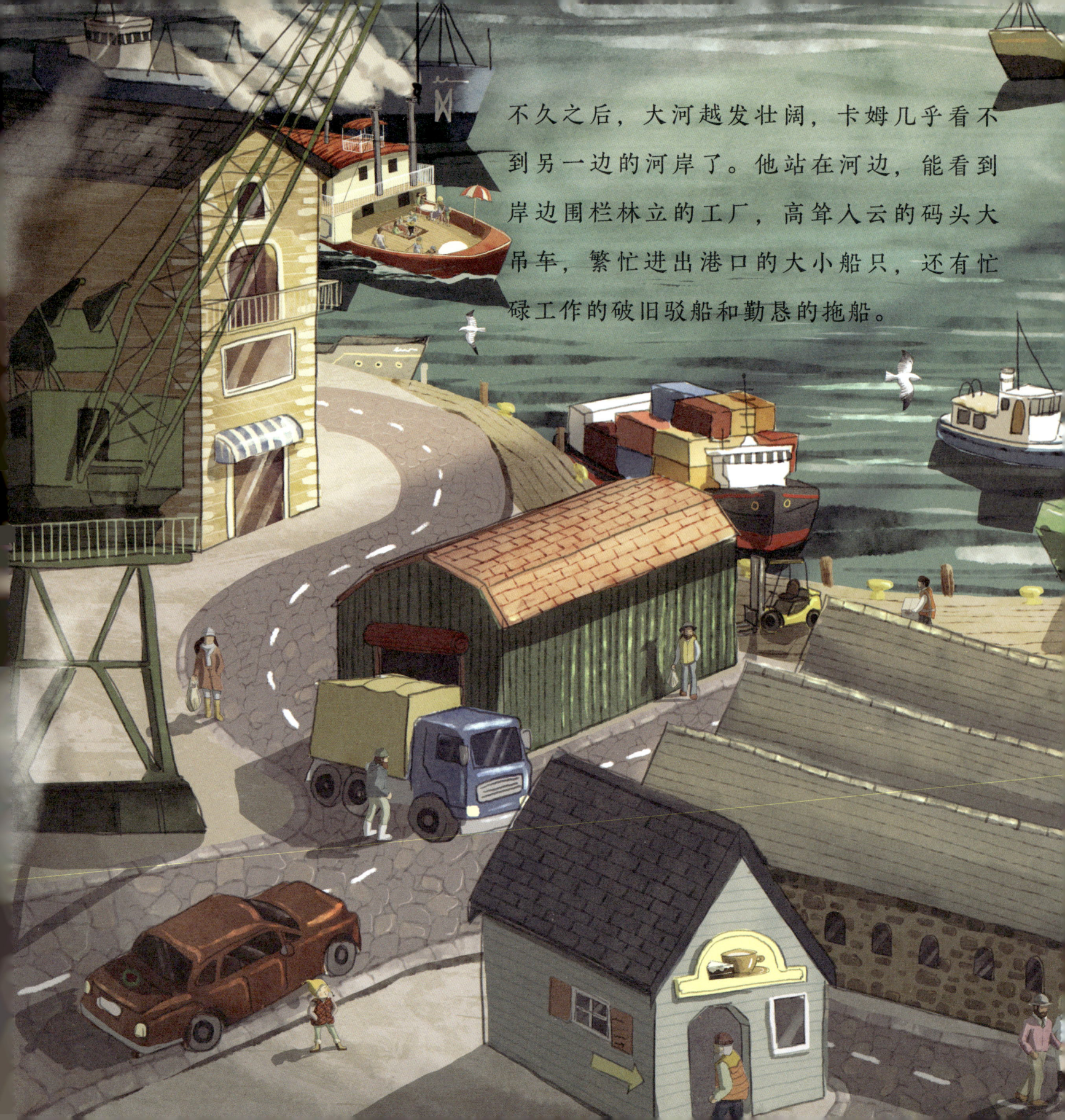

不久之后,大河越发壮阔,卡姆几乎看不到另一边的河岸了。他站在河边,能看到岸边围栏林立的工厂,高耸入云的码头大吊车,繁忙进出港口的大小船只,还有忙碌工作的破旧驳船和勤恳的拖船。

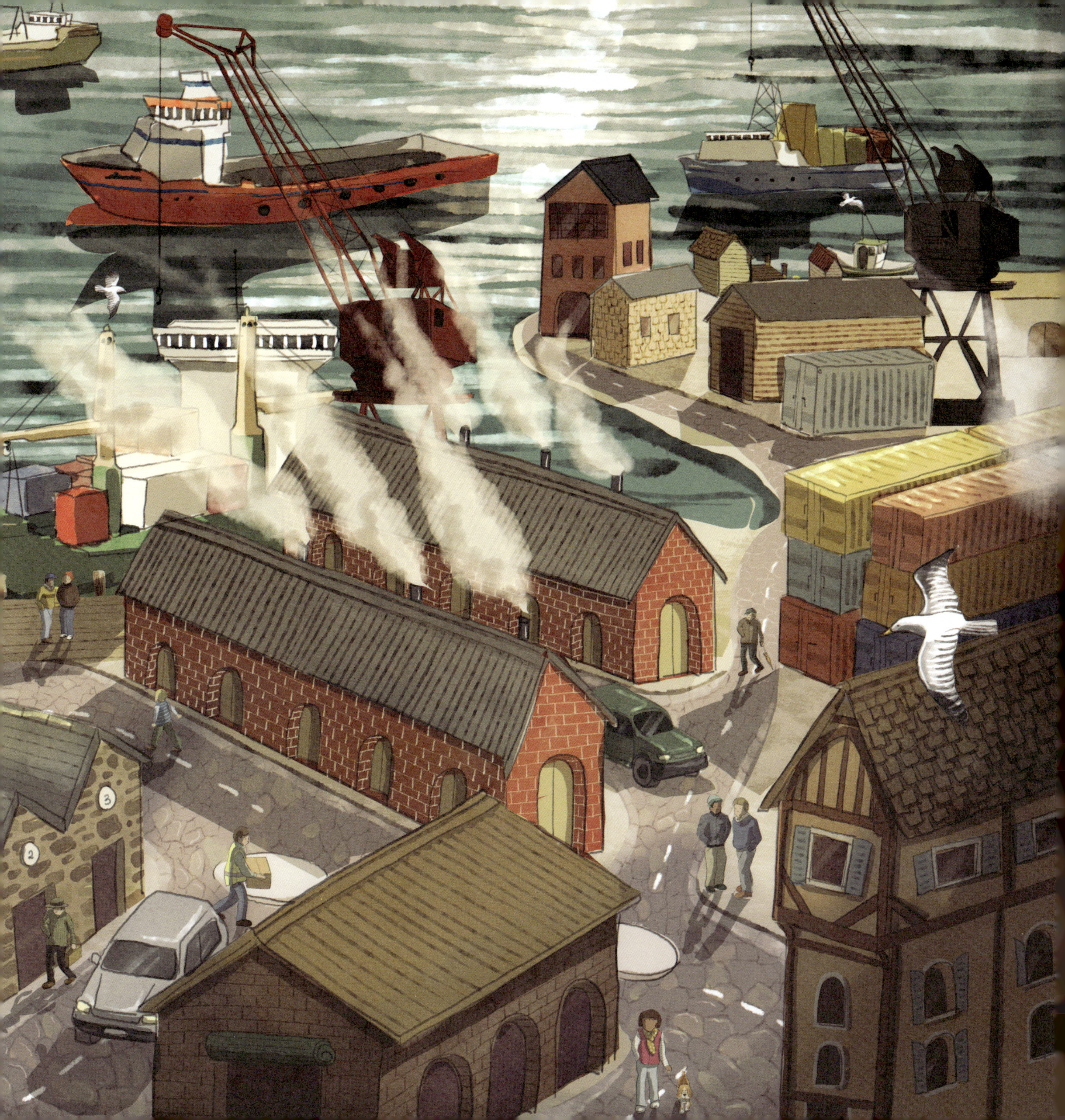
3
2

码头的声音太过嘈杂，卡姆几乎听不到河流的歌声了。
他不由得叹了口气，失望地坐在岸边，闷闷地说：
"大河，你太忙碌了，恐怕不能带我去看大海了。"

突然，忙碌的大河开始以一种不同以往的声音高声吟唱起来。
声音中混杂着咸湿的风和如哭啼般的鸟鸣，
似乎是从鲸妈妈和鲸宝宝自由游弋的神秘之境远远传来。
大河呼唤着卡姆："跟我来，孩子！"

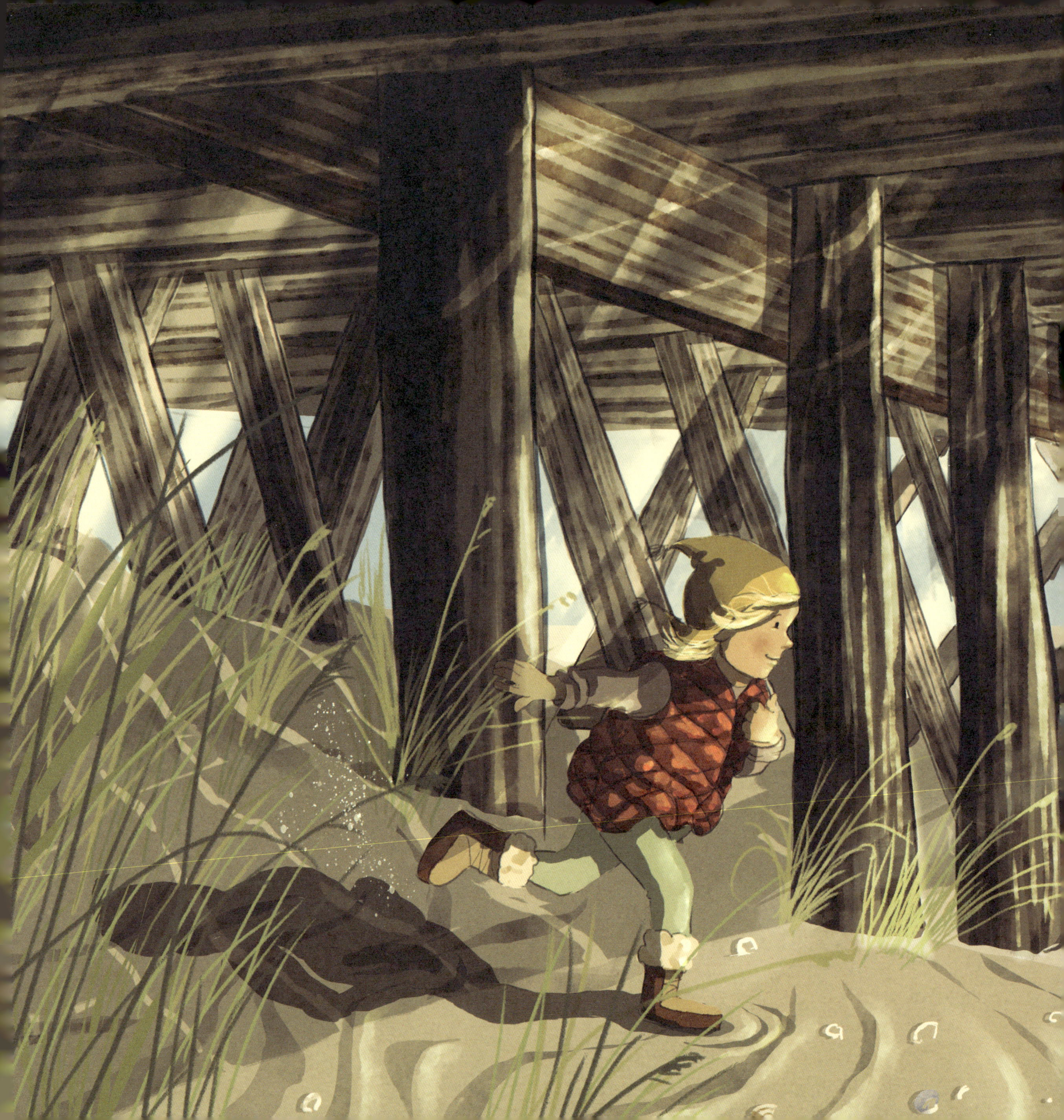

卡姆激动地站起身来，朝声音传来的方向跑去。他穿过码头，沿着公路穿越大片沙丘。

终于，大海出现在了他的眼前。
一望无尽、蔚蓝蔚蓝的、神秘美丽、
生生不息的大海。

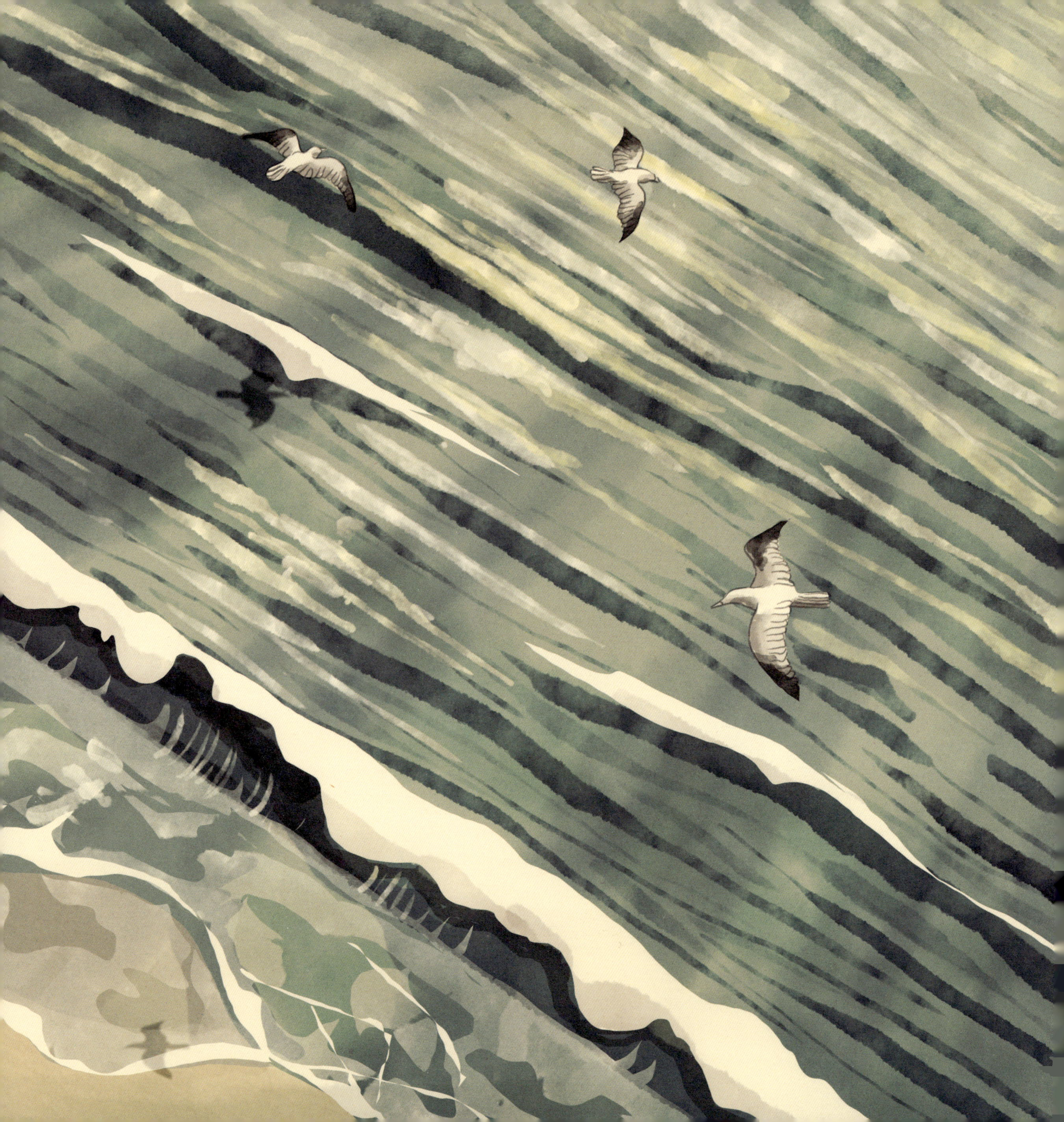

卡姆冲下沙滩，双脚在涌上岸边的潮水里拍打着水花。

大海给卡姆唱了一首关于自己的歌，那歌里不仅有咸咸的海风、如哭啼般的鸟鸣、鲸妈妈孕育鲸宝宝的神秘故事，还有矗立着大吊车的码头、满载货物的船只、轰鸣着的巨大黄铜引擎，还有那些小青蛙和小金蛙、跃出湖面的鳟鱼、飞流直下的瀑布，当然还有那条低吟着冬雪消融之歌的潺潺细流。

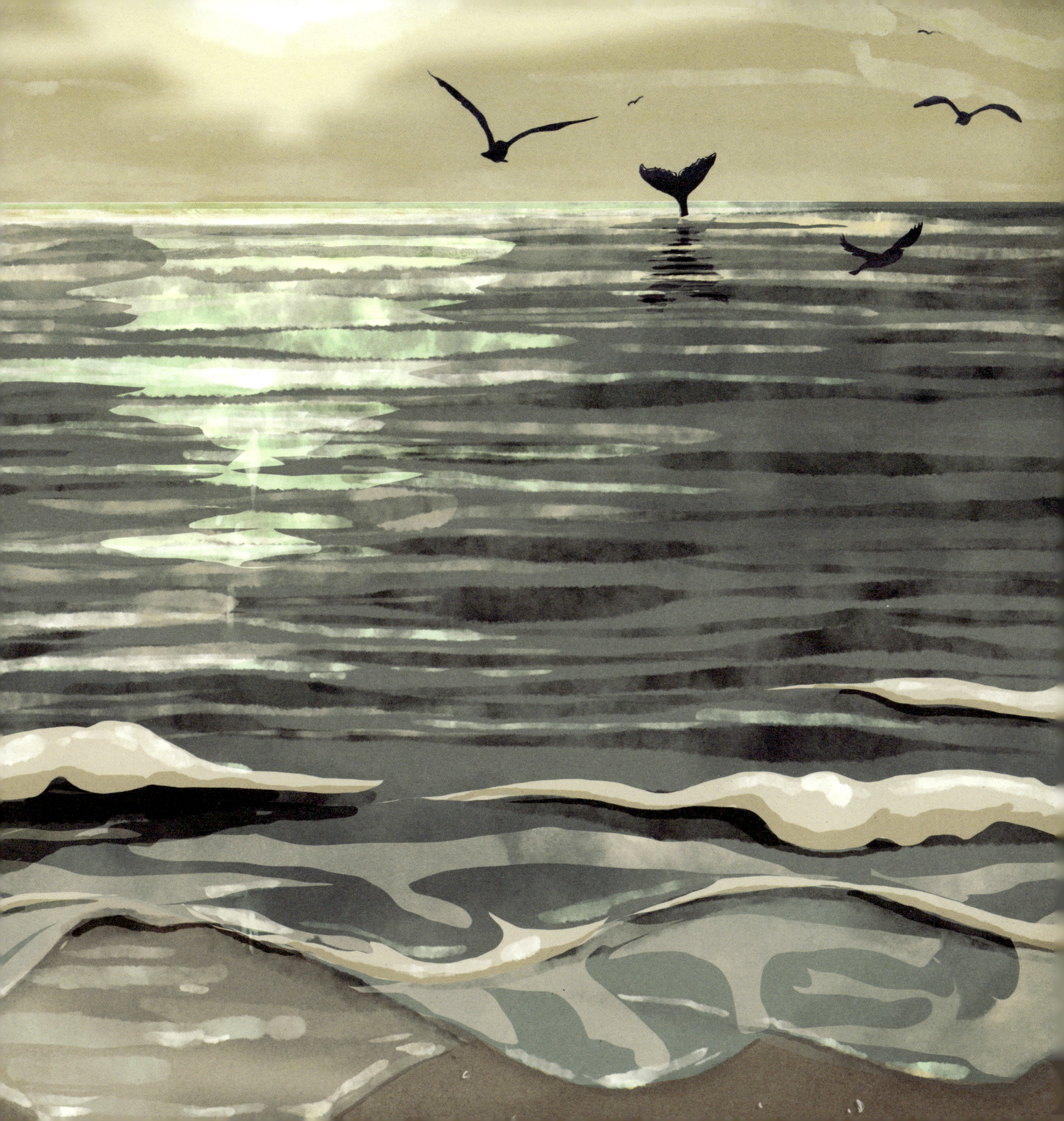

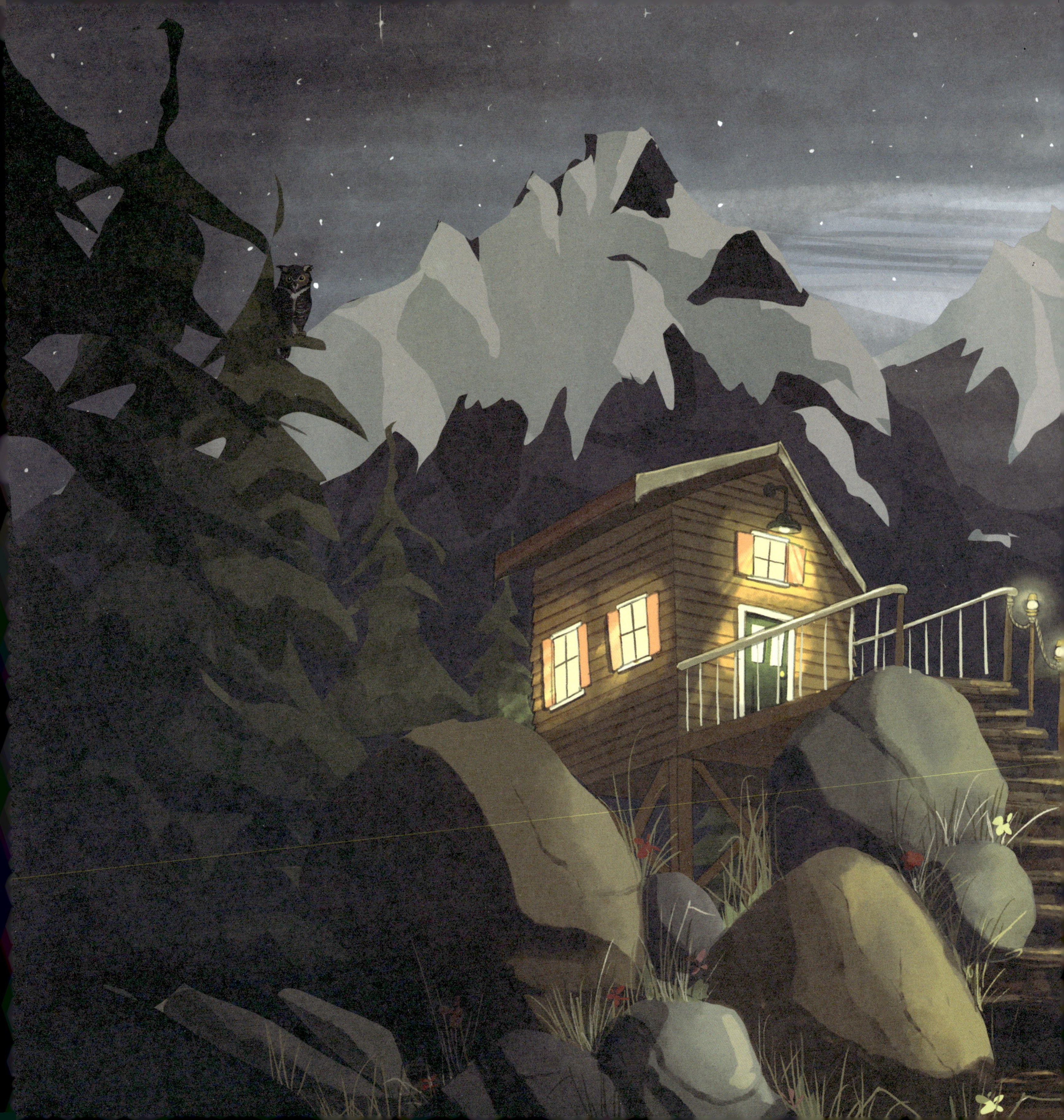

卡姆回到山中的家，他兴奋地对爷爷说：

"我终于看到大海了。"

爷爷笑着对他说：

"我的孩子，总有一天，我们都将归于大海。"

那天夜里,卡姆走到星光笼罩的屋外。

他双手捧起一捧溪水,喃喃地说:

"为什么你不早点儿告诉我,你才是大海的源头?"

谨以此书献给我的父母，是他们让我在加拿大的山野中

度过了无与伦比的幸福童年。

**图书在版编目（CIP）数据**

河流之歌 /（新西兰）乔伊·考利著；（新西兰）金伯利·安德鲁斯绘；戴婧晶译. --北京：北京联合出版公司，2021.12

ISBN 978-7-5596-5655-1

Ⅰ.①河… Ⅱ.①乔…②金…③戴… Ⅲ.①儿童故事－图画故事－新西兰－现代 Ⅳ.①I612.85

中国版本图书馆CIP数据核字（2021）第216832号

北京市版权局著作权合同登记 图字：01-2021-6264

Text © Joy Cowley 1994
Illustration © Kimberly Andrews 2019
© Gecko Press Ltd 2019
First published in 2019 by Gecko Press Ltd, Wellington, New Zealand, All rights reserved.
www.gekopress.com

Simplified Chinese edition copyright © 2021 by Beijing United Publishing Co., Ltd.
All rights reserved.

本作品中文简体字版权由北京联合出版有限责任公司所有

**河流之歌**

| | |
|---|---|
| 作　　者： | [新西兰]乔伊·考利（Joy Cowley） |
| 绘　　者： | [新西兰]金伯利·安德鲁斯（Kimberly Andrews） |
| 译　　者： | 戴婧晶 |
| 出 品 人： | 赵红仕 |
| 出版监制： | 刘 凯　赵鑫玮 |
| 选题策划： | 联合低音 |
| 责任编辑： | 韩 笑 |
| 装帧设计： | 聯合書莊 |

北京联合出版公司出版
（北京市西城区德外大街83号楼9层 100088）
北京联合天畅文化传播公司发行
北京华联印刷有限公司印刷 新华书店经销
字数19千字 710毫米×1000毫米 1/12 $3\frac{1}{3}$印张
2021年12月第1版 2021年12月第1次印刷
ISBN 978-7-5596-5655-1
定价：49.00元

版权所有，侵权必究
未经许可，不得以任何方式复制或抄袭本书部分或全部内容
本书若有质量问题，请与本公司图书销售中心联系调换。电话：（010）64258472-800

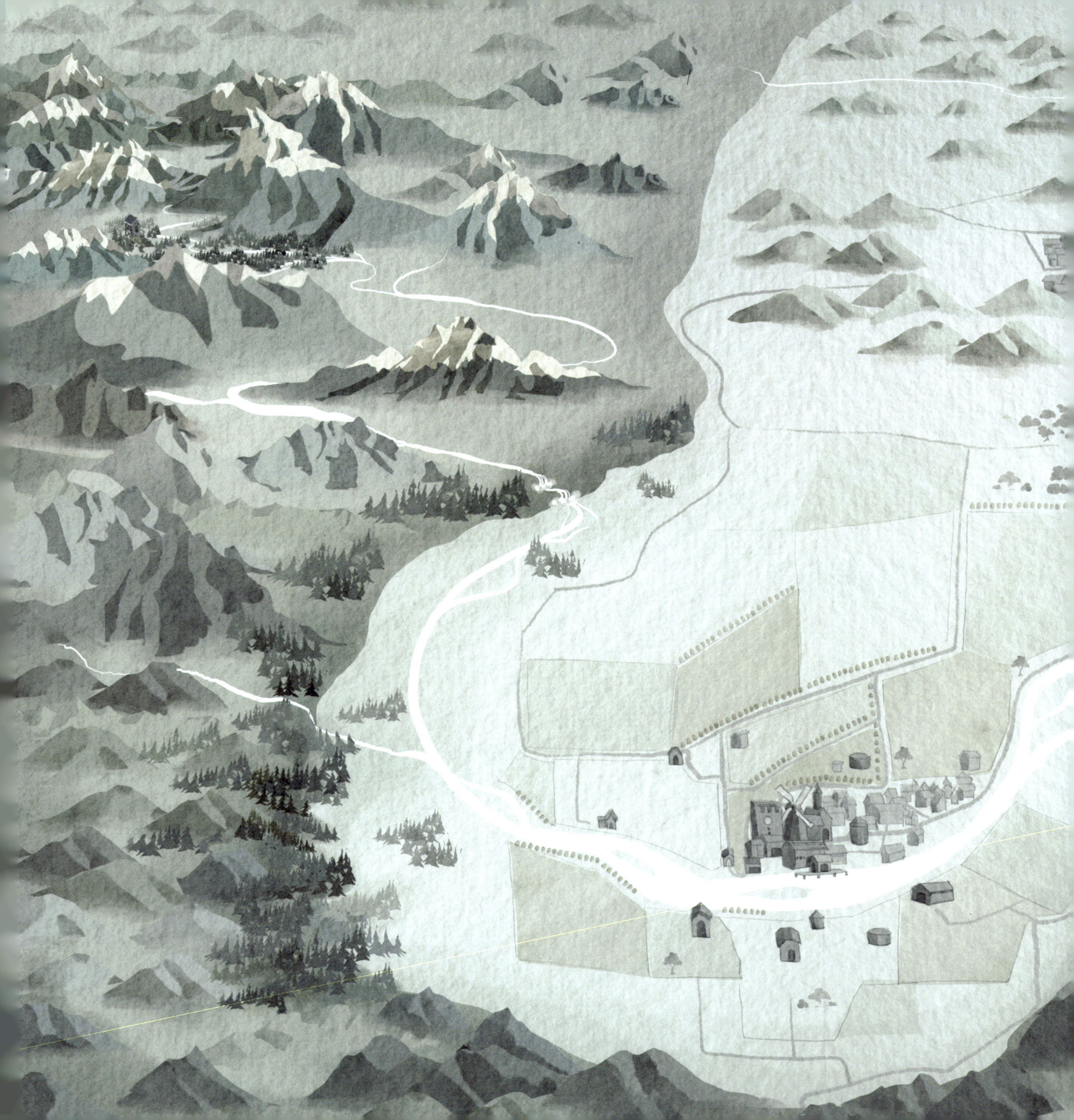